Heinrich Zschokke
Walpurgisnacht

AF273795

fabula Verlag Hamburg

Zschokke, Heinrich: Walpurgisnacht. Neuauflage. 2014
ISBN: 978-3-95855-313-2

Umschlaggestaltung: fabula Verlag Hamburg

Bibliografische Information der Deutschen Nationalbibliothek: Die
Deutsche Nationalbibliothek verzeichnet diese Publikation in der
Deutschen Nationalbibliografie; detaillierte bibliografische Daten
sind im Internet über https://dnb.de abrufbar.

Der fabula Verlag Hamburg ist ein Imprint der Bedey & Thoms Media
GmbH, Hermannstal 119k, 22119 Hamburg

fabula Verlag Hamburg, 2014
https://fabula-verlag-hamburg.de/
Gedruckt in Deutschland
Der fabula Verlag Hamburg übernimmt keine juristische Verantwor-
tung oder irgendeine Haftung für evtl. fehlerhafte Angaben und deren
Folgen.

Heinrich Zschokke

Walpurgisnacht

Inhalt

Der Versucher

Ich befand mich fern vom Hause in Geschäften zu Prag. Es war im April. Wie angenehme Zerstreuung es auch für mich gab, konnte ich doch das Heimweh nach unserm Städtchen nicht unterdrücken, wo mein junges Weib schon sieben Wochen auf meine Heimkehr hoffte. Seit unserm Hochzeitstage waren wir nie so lange getrennt gewesen. Freilich Fanny schickte mir regelmäßig alle Wochen Briefchen zu; aber diese Zeilen voller Liebe, Verlangen und Wehmut waren Öl ins Feuer. Ich wünschte Prag und den heiligen Nepomuk vierunddreißig Meilen nordostwärts hinter mir.

Wer nicht ein liebenswürdiges Weibchen von zweiundzwanzig Jahren hat, reizend wie die Liebe, umspielt von zwei blühenden Liebesgöttern; wer in solch ein Wesen nach fünfjähriger Ehe nicht fünfhundertmal verliebter ist, als den Tag vor der Hochzeit, dem erzähle ich vergebens von meinem Heimweh.

Genug, ich dankte jauchzend dem Himmel, als die Geschäfte endlich abgetan waren. Ich nahm bei den wenigen Bekannten und Freunden Abschied, und sagte dem Wirt, er solle die Rechnung geben. Andern Tags wollte ich mit der Post fort.

Am Reisemorgen erschien der Wirt, gehorsamst aufzuwarten, mit zahlenreicher Rechnung; ich hatte des baaren Geldes nicht genug zur Tilgung meiner Schuld und zu Ausgaben unterwegs. Also wollte ich einen guten Wechsel versilbern. Ich griff nach der Brieftasche, und suchte sie in allen Taschen, allen Winkeln. Sie war fort. Da ward mir nicht wohl: denn ich hatte für mehr denn vierzehnhundert Taler Papier darin, und das ist doch keine Kleinigkeit unterm Himmel.

Es half mir auch nichts, daß ich die Stube umkehrte – die Brieftasche blieb verschwunden.

»Dacht' ich's doch«, sagte ich zu mir selbst: »Wird der Mensch einen Augenblick seines Lebens froh, sitzt der Teufel gleich hinterm Hag und spielt ihm einen Possen. Man sollte sich in der Welt über nichts freuen, so hätte man auch der Höllenangst und des Verdrusses weniger. Ich habe es so oft schon erfahren.«

Entweder war die Brieftasche gestohlen oder verloren. Ich hatte sie noch den Tag vorher in Händen gehabt; ich pflegte sie in der Brusttasche meines Rockes bei mir zu tragen. Auch lagen Fanny's Briefe darin. Es war mir als hätte ich sie noch des Abends beim Entkleiden gefühlt. Wie nun meine teuern Papiere wieder bekommen? Denn wer sie hatte, konnte sie jede Stunde nach Belieben in Gold oder Silber verwandeln.

Da fing ich an zu fluchen, was sonst meine Leibsünde nicht ist. Ginge noch, wie in den guten, alten Zeiten, der Teufel herum, wenn auch wie ein brüllender Löwe, ich hätte auf der Stelle mit ihm einen Pakt geschlossen. Indem ich dies dachte, fiel mir eine Gestalt ein, die ich etwa acht Tage vorher beim Billard in einem verschossenen Rotrock gesehen hatte, und die mir damals, wie ein menschgewordener Höllenfürst, vorgekommen war. Es überlief mich kalter Schauer. Und doch war ich so verzweifelt, daß ich dachte: »Meinethalben, und wenn er's wäre, jetzt würde er mir ganz willkommen sein, schaffte er mir nur die Brieftasche wieder.«

Indem ward an meine Stubentür gepocht. »Hollah!« dachte ich: »Der Versucher wird doch aus Spaß nicht Ernst machen?« Ich lief zur Tür; in Gedanken hatte ich den berüchtigten Rotrock, und glaubte in der Tat, der werde es sein.

Und siehe – wunderliche Überraschung! – da ich die Stubentür öffnete, trat mit flüchtigem Kopfnicken der Versucher herein, an den ich gedacht hatte.

Nähere Schilderung

Ich muß erzählen, wo und wie ich die Bekanntschaft dieser Erscheinung gemacht hatte, damit man mich nicht für einen Fantasten halte.

An einem Abend war ich in ein Kaffeehaus oder Kasino der Neustadt gegangen, wohin mich schon einmal ein Bekannter zum Billard geführt hatte. Ich hoffte, die neuesten Zeitungen zu finden. An einem Tischchen spielten zwei Herren nachdenkend ihre Partie Schach. Einige junge Männer saßen am Fenster in lebhaftem Gespräch über Totenerscheinungen und Natur der menschlichen Seele. Ein kleiner ältlicher Mann, in scharlachrotem Überrock, wanderte, die Hände auf dem Rücken, im Zimmer auf und ab. Ich nahm ein Glas Danzigerwasser und die Zeitungen.

Niemand machte meine Andacht so rege, als der scharlachrote Spaziergänger. Ich vergaß selbst die Zeitungen und den spanischen Krieg. Er hatte, wie in der Kleidung etwas Geschmackloses, in Gestalt, in Bewegungen, in Gesichtszügen etwas Auffallendes und Widerliches. Er war von weniger, als mittlerer Größe; aber starkknochicht, breitschulterig; mochte fünfzig bis sechzig Jahre haben, und ging mit dem Kopfe gebückt, wie ein Greis. Ein pechschwarzes glänzendes Haar hing ihm glatt und spießig um den Kopf. Das schwarzgelbe Gesicht mit der Habichtsnase und den vorragen den Backenknochen hatten etwas Abstoßendes. Denn während alle Züge kalt und eisern waren, schimmerte sein großes Auge so lebhaft, wie das Auge eines begeisterten Jünglings, ohne daß man darin Begeisterung und Seele las. Der, dachte ich, ist geborner Scharfrichter, oder Großinquisitor, oder Räuberhauptmann, oder Zigeunerkönig. Des Spaßes willen könnte der Mann Städte in Flammen auflodern und Kinder an Speeren zappeln sehen. Ich möchte nicht mit ihm in einem Walde allein reisen. Er hat gewiß in seinem Leben noch nicht lächeln können.

Allein ich irrte mich. Er konnte lächeln. Er hörte den jungen Herren am Fenster zu, und lächelte. Aber, Gott sei bei uns, das war ein Lächeln! Es überlief mich eiskalt. Die schadenfrohe Hölle schien aus allen Zügen zu spotten. Wenn der im roten Rocke nicht der Teufel ist, dachte ich, so ist's sein Bruder. Ich sah ihm unwillkürlich nach den Füßen, den bekannten Pferdehuf zu beobachten, und richtig, er hatte einen Menschenfuß, wie unser einer, und sein linker war ein Klumpfuß im Schnürstiefel. Doch hinkte er damit nicht, und trat überhaupt so schleichend auf, wie über Eierschalen, die er nicht zerdrücken wollte. Er hätte sich für bares Geld sehen lassen können, um alle Voltaires abergläubisch zu machen.

Den spanischen Krieg vergaß ich durchaus. Ich hielt zwar die Zeitung vor mir hin, schielte jedoch darüber hinaus, die merkwürdige Gestalt länger zu beobachten.

Indem der Rotrock am Schachtisch vorbeiging, sagte einer der Spieler zu seinem düster und verlegen da sitzenden Gegner mit triumphierender Miene: »Sie sind ohne Rettung verloren.« Der Rotrock blieb einen Augenblick stehen, warf einen Blick auf das Spiel, und sagte zum Sieger: »Sie sind geblendet und beim dritten Zug unausbleiblich matt.« Der Sieger lächelte vornehm; der Bedrängte schüttelte zweifelnd den Kopf und zog – beim dritten Zug war der vermeinte Sieger in der Tat schachmatt.

Während die Kämpfer ihr Spiel wieder aufstellten, sagte einer von den jungen Männern am Fenster zum Rotrock heftig: »Sie lächeln, Herr, unser Streit scheint Sie zu interessieren? Aber ihr Lächeln sagt mir, daß Sie entgegengesetzter

Meinung sind über die Natur der Welt und der Gottheit. Haben Sie Schelling gelesen?«

»Ja wohl!« sagte der Rotrock.

»Und was will Ihr Lächeln sagen?«

»Ihr Schelling ist ein scharfsinniger Dichter, der die Gaukeleien seiner Einbildungskraft für Wahrheit hält, weil ihn Niemand widerlegen kann, als mit andern Fantasiegespinsten, die nur mit noch größerem Scharfsinn verteidigt werden müßten. Es geht den Philosophen heut', wie immer. Blinde disputieren über Farbentheorien, und Taube über die Kunst des reinen Satzes in der Musik. Alexander hätte gern Schiffbrücken zum Monde geschlagen, um ihn zu erobern, und die Philosophen, unzufrieden im Kreise der Vernunft, wollen gern übervernünftig werden.«

So sagte der Rotrock. Da gab's Lärmen. Er aber hielt nicht Stand, nahm den runden Hut und schlich davon.

Ich sah ihn seitdem nie wieder, aber vergaß die auffallende Gestalt mit der Höllenphysiognomie nicht, und fürchtete mich, sie im Traume zu erblicken.

Nun stand er unverhofft vor mir im Zimmer.

Die Versuchung

»Um Verzeihung, wenn ich Sie störe!« sagte er: »Habe ich die Ehre, Herrn Robert ... zu sprechen?«

»Der bin ich in der Tat!« erwiderte ich.

»Womit beweisen Sie das?«

Sonderbare Frage, dachte ich, ohne Zweifel ein Polizeispion. Es lag ein halbzerrissener Brief auf meinem Tisch. Ich zeigte ihm die an mich gerichtete Zuschrift auf dem Umschlag.

»Ganz gut«, sagte er, »allein Sie tragen einen Namen, der so allgemein ist, daß man dergleichen in allen Winkeln Deutschlands, Ungarns und Polens findet. Geben Sie mir nähere Umstände an. Ich möchte mit Ihnen Geschäfte machen. Man hat mich an Sie adressiert.«

»Mein Herr«, sagte ich, »verzeihen Sie, ich kann jetzt nicht an Geschäfte denken; bin auf dem Sprung zur Abreise und habe noch tausend Dinge zu besorgen. Auch irren Sie sich wohl in meiner Person, denn ich bin weder Staatsmann, noch Kaufmann.«

Er maß mich mit großen Augen und sagte: »So?« Er schwieg eine Weile, und schien im Begriff umzukehren, dann aber fing er an: »Sie haben doch Handelsgeschäfte in Prag getrieben? Ist nicht Ihr Herr Bruder auf dem Punkt gestanden, Bankerot zu machen?«

Ich muß feuerrot gewesen sein, denn davon wußte, glaubte ich, außer meinem Bruder, keine Seele, als ich. Auch lächelte der Versucher wieder sein schadenfrohes Lächeln.

»Mein Herr, Sie irren sich noch einmal!« sagte ich. »Zwar habe ich einen Bruder, und mehr, als einen, aber keinen, der Bankerot zu fürchten hätte.«

»So?« murmelte der Versucher, und seine Züge wurden wieder hart und eisern.

»Mein Herr«, – sagte ich etwas empfindlich, denn es war mir gar nicht lieb, daß Jemand in Prag lebte, der von meines Bruders Umständen unterrichtet war, und ich fürchtete, der Schlaukopf wolle in mein Spiel sehen, wie dem Schachspieler im Kaffeehause. – »Sie sind gewiß an den unrechten Mann gewiesen. Ich muß um Verzeihung bitten, daß ich Sie ersuche, sich kurz zu fassen. Ich habe keinen Augenblick zu versäumen.«

»Gedulden Sie sich nur eine Minute«, erwiederte er, »es liegt mir daran, mit Ihnen zu reden. Sie scheinen unruhig und verlegen. Ist Ihnen etwas Unangenehmes widerfahren? Sie sind fremd hier. Ich zwar gehöre auch nicht nach Prag, und sehe die Stadt seit zwölf Jahren wieder zum ersten Mal. Allein ich weiß zu allen Dingen guten Rat. Vertrauen Sie sich mir. Sie haben das Gesicht eines Biedermanns. Brauchen Sie Geld?«

Da lächelte oder vielmehr grinsete er wieder, als wollte er mir meine Seele abkaufen. Sein Tun war immer verdächtiger; ich schielte von ungefähr nach seinem Klumpfuß, und wirklich wandelte mich abergläubische Furcht an. In keinem Falle wollte ich mich mit dem verdächtigen Herrn einlassen, und sagte: ich hätte kein Geld nötig. »Da Sie es mir aber so großmütig antragen, mein Herr, darf ich Sie um Ihren Namen bitten?«

»An meinem Namen kann Ihnen nicht viel liegen«, erwiederte er, »der tut nichts zur Sache. Ich bin ein Mannteuffel. Gibt mir der Name bei Ihnen mehr Zutrauen?«

»Ein Mannteuffel?« sagte ich, und wußte in seltsamer Verlegenheit nicht, was ich sagen wollte, und ob das ganze Ding Ernst oder Spaß sei.

Indem ward an die Tür gepocht. Der Wirt trat herein und brachte mir einen Brief, der von der Post gekommen war. Ich nahm ihn.

»Lesen Sie nur den Brief erst«, fing der Rotrock an,

»nachher können wir schon wieder sprechen. Der Brief ist ohne Zweifel von ihrer liebenswürdigen Fanny.«

Ich ward verlegener als je.

»Wissen Sie nun endlich«, fuhr der Fremde fort und grinsete: »wissen Sie nun endlich, wer ich bin, und was ich von Ihnen will?«

Es lag mir auf den Lippen, zu sagen: »Mein Herr, Sie sind, glaube ich, der Satan, und möchten meine arme Seele zum Frühstück?« doch hielt ich an mir.

»Noch mehr«, setzte er hinzu: »Sie wollen nach Eger. Gut, mein Weg geht durch das Städtchen. Ich reise morgen ab. Wollen Sie einen Platz in meinem Wagen annehmen?«

Ich dankte, und sagte: »Ich habe schon Post bestellt.«

Da ward er unruhiger und sagte: »Es ist Ihnen nicht beizukommen. Aber Ihre Fanny, den kleinen Leopold und August muß ich doch im Vorbeigehen kennen lernen. Erraten Sie noch nicht, wer ich bin und was ich will? In des Teufels Namen, Herr, ich möchte Ihnen gern einen Dienst leisten. Reden Sie doch.«

»Gut!« sagte ich endlich: »Wenn Sie ein Hexenmeister sind, mir ist meine Brieftasche fortgekommen. Raten Sie mir, wie ich sie wieder bekomme?«

»Pah, was ist an einer Brieftasche gelegen? Kann ich Ihnen sonst nicht ...«

»In der Brieftasche waren aber wichtige Papiere, über vierzehnhundert Taler an Wert. – Raten Sie mir, was habe ich zu tun, wenn sie verloren ist? und was, wenn sie gestohlen ist?«

»Wie sah die Brieftasche aus?«

»Seidenüberzug, hellgrün, mit Stickerei, mein Namenszug von Blumen darin. Es war eine Arbeit von meiner Frau.«

»So ist der Überzug mehr wert, als die vierzehnhundert Taler.« Er lächelte mich wieder dabei mit seiner fürchterlichen Freundlichkeit an; dann fuhr er fort: »Da muß Rat geschaffen werden. Was geben Sie mir, wenn ich Ihnen den Verlust ersetze?«

Bei diesen Worten sah er mich scharf und sonderbar an, als wollte er mir die Antwort: »Ich verschenke Ihnen meine Seele!« auf die Zunge legen. Da ich aber verlegen still schwieg, griff er in die Tasche und zog meine Brieftasche vor.

»Da haben Sie Ihr Kleinod und die vierzehnhundert Taler nebst Zubehör!« sagte er.

Ich war außer mir. »Wie kommen Sie dazu?« rief ich, und blätterte in der Brieftasche, und fand, daß nichts fehlte.

»Gestern Nachmittag um vier Uhr fand ich sie auf der Moldaubrücke, und steckte sie ein.«

Richtig, um die gleiche Zeit war ich über die Brücke gegangen, hatte die Brieftasche in Händen gehabt und eingesteckt.

»Vermutlich nebenbei gesteckt!« sagte der Rotrock. »Nun aber wußte ich nicht, ob mein Fund von Einem zu Fuß oder zu Pferd, hinter oder vor mir verloren war. Ich blieb eine Stunde lang auf der Brücke, einen Suchenden abzuwarten. Als Niemand kam, ging ich in mein Wirtshaus. Ich las den Inhalt, die Briefe, um daraus den Verlierer zu erforschen. Eine Adresse zeigte mir Ihren Namen und Ihren Aufenthalt in diesem Gasthofe an. Darum machte ich mich jetzt zu Ihnen auf. Schon gestern Abend war ich hier und fand Sie nicht.«

Lieber Gott, wie kann man sich doch mit seiner Physiognomik täuschen! Ich hätte meinem Mannteuffel um den Hals fallen mögen. Ich sagte ihm die verbindlichsten Dinge. Meine Freude war so übermäßig, als vorher mein Verdruß. Er wollte aber nichts von Allem hören. Ich gelobte mir, mein Lebtage nicht wieder meinen physiognomischen Urteilen zu trauen.

»Grüßen Sie Ihre schöne Fanny von mir. Reisen Sie glücklich. Wir sehen uns einmal wieder!« sagte er, und ging davon.

Heimkunft

Nun wollte ich aufbrechen, abreisen. Ich zahlte dem Wirt. Mein Knecht, mit dem Koffer auf dem Rücken, ging vor mir her, ich die Treppe hinab. Da kam mein Bruder die Treppe herauf, derselbe, deswillen ich in Prag war.

Natürlich, aus der Abreise ward nun nichts. Wir gingen in mein Zimmer zurück. Da hörte ich denn mit Vergnügen, die schwankenden Vermögensverhältnisse meines Bruders hätten sich zu ihrem Vorteil geändert. Ein sehr bedeutender Verlust war ihm durch glückliche Spekulation in Baumwolle und Kaffee sechsfach vergütet. Er war nach Prag geeilt, um seine Angelegenheit selbst zu berichtigen. »Jetzt habe ich mein Schäfchen ins Trockne gebracht«, sagte er, »aber Angst habe ich ausgestanden. Nun gebe ich dem Handel gute Nacht. Ich lege mein Geld lieber an mäßigen Zins, so laufe ich nicht Gefahr, heute ein Millionär, morgen ein flüchtiger Bettler und Betrüger zu sein. Darum komme ich, dir für deine brüderliche Treue zu danken, und mich mit meinen Leuten für immer aus einander zu setzen.«

Ich mußte ihn zu verschiedenen Häusern begleiten. Aber er spürte meine Ungeduld und mein Heimweh; drum nach einigen Tagen riet er mir, ohne ihn zurück zu reisen. Das tat ich denn auch, weil sich sein Aufenthalt in Prag wohl auf mehrere Wochen verlängerte. Ich nahm Extrapost und flog meiner geliebten Heimat entgegen.

Unterwegs fiel mir noch immer der seltsame Mannteuffel ein. Ich konnte die Figur mit dem roten Rock, dem Klumpfuß und der unvorteilhaften Gesichtsbildung nicht vergessen.

Ich besann mich noch, daß ihm ein Büschel seiner schwarzen Haare über der Stirn emporstand. Vielleicht hat er ein kleines Horn darunter, und dann war der Beelzebub fertig vom Wirbel bis zur Sohle.

Zwar die Brieftasche hatte er wieder gebracht; ehrlicher konnte kein Mensch in der Welt sein. Er hatte Fanny's Briefe und meines Bruders mir gegebene Instruktion gelesen, so konnte er freilich von meinen Geheimnissen unterrichtet sein. Allein dann das Gesicht dazu – nein, so unleserlich schreibt die Natur sonst nicht! – Genug, hätte ich jemals an das Dasein eines Mephistopheles geglaubt, wurde ich diesmal keinen Augenblick daran gezweifelt haben.

Ich hing diesem Gedanken nach, und läugne sogar nicht, daß ich mich recht willig dem Spiel meiner Einbildungen überließ. Er vertrieb mir die Langeweile. Ich nahm an, mein ehrlicher Mannteuffel könnte wohl der echte Teufel sein; seine Ehrlichkeit eine Hinterlist, um dem Himmel meine arme Seele wegzuschnappen. Und wenn er es nun wäre, was könnte er mir wohl bieten? – Gold und Gut? – Ich war nie geldsüchtig. Einen Tron? Ja, den hätte ich wohl für acht Tage besessen, um der Welt Frieden zu geben; aber dann wäre ich wieder in meine bescheidene Wohnung zurück gegangen, um, ein zweiter Cincinnatus, eigenhändig Rüben zu bauen. –

Hübsche Weiber? Einen Harem voll der schönsten Helenen, Armiden und Amanden? Nein, wenn ich an Fanny dachte, kamen mir die reizendsten Zirkassierinnen wie alte Weiber vor. Ich hätte keinen Strohhalm darum gegeben, einmal Doktor Faust zu sein. Und wozu das? Ich war glücklich! Glücklich? Nein, das doch auch nicht ganz, eben weil ich gar zu glücklich war. Ich fürchtete mich ein wenig vor Freund Hain, dem Knochenmanne, der mit der verwünschten Hippe mir meine Fanny, meine beiden Söhne, mich selbst wegmähen konnte. Und dann wäre es doch die große Frage, ob und wie wir uns im Paradiese wieder zusammen finden würden? – Ich hätte wohl einen Blick ins künftige Leben geworfen, um mich zu beruhigen. Aber gesetzt, mein Teufel hätte mir den frommen Wunsch erfüllen, und mich, durch einen Spalt der Himmelspforte, hinüber blinzeln lassen, was würde mir ein Untertan Adramelechs anders haben zeigen können, als seine Hölle?

Doch genug von den Possen.

Ich war von Prag bis zum Städtchen zwei Tage und eine Nacht unterwegs. Aber den zweiten Tag ward's spät. Umsonst schalt und spornte ich die Postknechte mit Wort und Geld – es ward immer später, immer dunkler, und ich immer sehnsuchtsvoller. Ach, seit beinahe einem Vierteljahr hatte ich ja Fanny nicht gesehen! meine Kinder nicht, die um die junge Mutter, wie zwei Engel um eine raphaelische Madonna flatterten! – Ich zitterte vor Entzücken, wenn ich daran dachte, die Liebenswürdigste ihres Geschlechts, mein Weib, sei noch heute in meinen Armen.

Es ist wahr, ich hatte, ehe ich Fanny kennen lernte, auch schon geliebt gehabt. Es gab einst eine Julie für mich, die mir durch den Stolz ihrer Eltern entrissen und einem reichen polnischen Edelmann zum Weibe gegeben war. Unsere Liebe war die erste für uns beide – an gegenseitige Vergötterung und Raserei grenzend. Wir schworen uns noch in der Abschiedsstunde ewige Liebe über Leben und Grab hinaus, und Küsse und Tränen hatten die Eide besiegelt. Aber man weiß nun, wie es damit geht. Sie ward Frau Starostin, und ich sah Fanny. Meine Liebe zu Fanny war eine heiligere, reifere, zärtlichere. Julie war einst die Gottheit meiner Phantasie; allein Fanny die Angebetete meines Herzens.

Es brummte die Glocke des heimatlichen Städtleins ein Uhr, da wir in die schlafende Straße einfuhren. Ich stieg beim Posthause ab, ließ den Knecht nebst dem Koffer zurück, weil ich selbst, falls in meinem Hause Alles schlafen würde, wieder zurückkehren wollte, und schlich hinaus zur Vorstadt, an deren Ende mein freundliches Haus im Schatten hoher Nußbäume mir schon von weitem mit seinen Fenstern im Mondschein entgegenschimmerte.

Verhaßter Besuch

Und Alles schlief! – o Fanny, Fanny, hättest du gewacht, wie viel Jammer und Schrecken wäre mir erspart worden! – Sie schliefen, mein Weib, meine Kinder, mein Gesinde, nirgends Licht! Ich wanderte zehnmal ums Haus herum – Alles verschlossen. Aus dem Schlaf jagen wollte ich doch Keinen. Besser das Entzücken des Wiedersehens für die vom Schlummer erquickte Seele in der Morgenstunde, als in der fieberischen Mitternacht.

Zum Glück fand ich mein neuangebautes schönes Gartenhaus offen. Ich trat hinein. Da stand auf einem Tischchen der Strickkorb meiner Fanny; da sah ich im Mondschimmer am Boden und auf den Sesseln die Steckenpferde, Trommeln, Peitschen meiner Kinder. Vermutlich hatten sie den Nachmittag hier zugebracht. O wie war mir unter diesen Kleinigkeiten so wohl, als wäre ich bei meinen Lieben selbst. Ich streckte mich aufs Sofa, und beschloß hier zu übernachten. Die Nacht war lau und mild, und der Duft blühender Bäume und Gartenbeete drang in mein Gemach.

Wer seit vierzig Stunden nicht geschlafen hat, findet jedes Lager weich. Ich entschlief in meiner Übermüdung bald. Doch kaum hatte ich die Augen geschlossen, weckte mich das Knarren der Gartenhaustür wieder. Ich richtete mich auf; ich sah einen Menschen hereintreten: ich glaubte, es sei ein Dieb. Aber man denke sich mein Erstaunen, es war der Freund Rotrock.

»Woher kommen Sie?« fragte ich.

»Von Prag. In einer halben Stunde reise ich wieder ab. Ich wollte Sie doch im Vorbeigehen und Ihre Fanny sehen, um mein Wort zu halten. Ich hörte von Ihrem Knecht, Sie seien erst gekommen, und glaubte in Ihrem Hause Alles wach zu finden. Sie werden doch hier nicht übernachten wollen in der feuchten Kühle, und sich eine Krankheit erschlafen?«

Ich ging mit ihm hinaus in den Garten, und bebte an allen Gliedern, so hatte mich die sonderbare Erscheinung erschreckt. Ich verspottete zwar im Stillen meine abergläubische Furcht, aber doch konnte ich mich ihrer nicht erwehren. Der Mensch ist nun einmal so. Die harten Züge des Prager Freundes waren im täuschenden Mondlicht noch viel schrecklicher, und seine Augen viel blitzender.

»Sie haben mich wirklich erschreckt, wie ein Gespenst!« sagte ich. »Ich zittere am ganzen Leibe. Wie kamen Sie dazu, mich im Gartenhause zu suchen? Sie sind, wie ein Allwissender.«

Er grinsete schadenfroh und sagte: »Kennen Sie mich nun, und was ich von Ihnen will?«

»Wahrhaftig, ich kenne Sie jetzt nicht besser, als in Prag. Aber zum Spaß will ich Ihnen doch erzählen, wie Sie mir da vorkamen. Sie nehmen's nicht übel, ich dachte, wenn Sie kein Hexenmeister wären, möchten Sie wohl der Teufel selbst sein.«

Er grinsete wieder und entgegnete: »Wenn ich, zum Spaß gesagt, nun das letzte wäre, würden Sie mit mir gemeine Sache machen?«

»Sie müßten mir viel bieten, ehe ich einschlüge. Denn wahrhaftig, mein Herr Teufel, erlauben Sie, daß ich Sie zum Scherz so nenne, mein Glück ist vollkommen.«

»Oho, bieten würde ich Ihnen nichts, geben nichts. Das war wohl in alten Zeiten Sitte, da die Leute noch an einen Teufel glaubten, und sich vor ihm desto mehr hüteten – da mußte man kapitulieren. Aber heutiges Tages, da Keiner mehr an den Teufel glaubt, und mit der Vernunft Alles ausrichten will, sind die Menschenkinder allzuwohlfeil.«

»Einmal hoffe ich, bei mir steht's anders, ob ich gleich den Beelzebub für ein Mährchen halte. Ein Quentchen Vernunft gibt mehr Tugend, als ein Zentner Teufelsglauben.«

»Das ist's eben! – Eure stolze Sicherheit, ihr Sterblichen – erlauben Sie, daß ich in der Rolle spreche, die Sie mir gaben – eure stolze Sicherheit liefert der Hölle mehr Rekruten, als eine Legion Werber in Satans Uniform. Seit ihr selbst angefangen habt, die Ewigkeit für ein Problem, die Hölle für eine orientalische Fabel zu halten; seit man Ehrlichkeit und Dummheit für Tugenden gleichen Kalibers erklärt; die Wollust eine liebenswürdige Schwäche, Selbstsucht Seelengröße, Gemeinnützigkeit eine Narrheit, und abgefeimte Tücke Lebensklugheit nennet, gibt man sich in der Hölle keine Mühe mehr, euch zu fangen. Ihr kommt von selbst. Die Vernunft habt ihr auf den Lippen, die Macht von hundert Leidenschaften im Herzen. Der Heiligste unter euch Entnervten ist, wer die wenigste Gelegenheit zu sündigen hat.«

»Das heißt recht teuflisch gesprochen!« rief ich.

»Allerdings!« antwortete der rote Herr und grinsete wieder: »Aber ich rede die Wahrheit, weil ihr Leute nicht mehr an sie glaubt. So lange den Menschen noch Wahrheiten heilig waren, mußte Satan ein Vater der Lügen sein. Jetzt ist's umgekehrt. Wir armen Teufel sind immer die Antipoden der Menschheit.«

»So sind Sie in diesem Stück wenigstens nicht mein Gegner; denn ich denke, wie Sie, mein philosophischer Herr Teufel.«

»Gut, so gehören Sie mir schon an. Wer mir nur ein Haar reicht, dessen Kopf habe ich. Und – hier ist's kühl – mein Wagen ist vielleicht schon angespannt, ich muß abreisen. Also leben Sie wohl.«

Er ging. Ich begleitete ihn wieder zum Posthause zurück, wo wirklich sein Reisewagen eben Vorspann erhielt.

»Ich dächte, Sie kämen mit mir noch hinauf ins Haus, und tränken mit mir zum Abschied ein Glas Punsch, den ich bestellt hatte, ehe ich zu Ihnen ging.«

Ich nahm die Einladung an. Es tat mir wohl, in ein warmes Zimmer zu kommen.

Die Versuchung

Der Punsch stand schon auf dem Tisch, da wir ins Zimmer traten. Ein fremder Reisender ging finster und müde auf und ab; es war ein langer, hagerer, alter Mann. Auf den Stühlen umher lag Gepäck; auch bemerkte ich einen Frauenzimmerschal und Strohhut, nebst weiblichen Handschuhen.

Als wir tranken, sagte der Fremde zum eintretenden Hausknecht, der das Gepäck holte: »Sagt meiner Gemahlin, wenn sie kommt, ich sei zu Bett. Wir reisen in aller Früh fort.« –

Ich wollte auch nicht wieder ins kalte Gartenhaus zurück, und bestellte mir für die Nacht ein Bett. Der Fremde ging fort. Wir tranken den Punschnapf leer unter allerlei Geschwätz. Das Feuer des Rums erquickte und durchglühte mich. Der Rotrock eilte zu seinem Wagen, und indem ich ihm hineinhalf, sagte er: »Wir sehen uns noch einmal wieder.« Damit rollte der Wagen weg.

Da ich ins Zimmer zurücktrat, war ein Frauenzimmer darin, welches den Shawl, die Handschuhe und den Hut holte. Wie sich die junge Schöne nach mir umdrehte, verlor ich fast alle Besonnenheit. Es war Julie, die erste Geliebte, im Begriff mit ihrem Gemahl, wie ich nachher erfuhr, eine Lustreise nach Italien zu machen. Sie war nicht minder erschrocken, als ich.

»Um Gotteswillen, ist es dein Geist, Robert?«

»Julie!« stammelte ich, und alle Wonnen der ersten Liebe wachten wieder auf bei diesem überraschenden Anblick. Ich wollte mich ihr ehrerbietig nahen. Ihre Augen waren voll Tränen; ihre Arme offen. Ich lag weinend an ihrem Busen.

Erst als wir wieder zu uns selbst kamen, bemerkte sie, daß sie halb entkleidet war. »Hier ist nicht mein Zimmer!« sagte sie, und warf sich den Shawl um. »Komm Robert, wir haben uns viel zu sagen.«

Sie ging. Ich folgte ihr in ihr Zimmer. »Hier können wir uns einander frei erzählen!« sagte sie, und wir setzten uns aufs Sofa. Nun ward denn erzählt. Ich lebte noch einmal im Fiebertaumel einer alten Liebe, die ich längst erloschen geglaubt hatte. Julie, durch ihren Starosten nicht glücklich, hing mit ehemaliger Seligkeit an mir. Sie war schöner, aufgeblühter, als ehemals. Sie fand auch mich schöner, wie sie sagte. – Die Flamme der Leidenschaft wehte von Seele zu Seele in Küssen.

Ein Zauber, den ich unmöglich beschreiben kann, lag in Juliens Worten und Wesen. Alles von ehemals ward wieder hell; die erste Bekanntschaft auf dem Ball am Brauttage ihrer Schwester; die Empfindungen, welche uns damals bewegten; dann unser Wiedersehen im herzoglichen Schloßgarten; dann die Wasserfahrt mit unsern beiderseitigen Eltern, und wie wir im Elysium von Wörlitz Liebe gestanden, Treue schworen. Dann – doch genug: für uns gab es nur Vergangenheit, keine Zukunft.

Plötzlich ging die Tür auf. Der lange, hagere Mann trat herein mit der Frage: »Wer ist noch bei dir, Julie?«

Wir sprangen erschrocken auf. Der Starost stand eine ganze Weile sprachlos, bleich wie eine Leiche. Dann mit drei Schritten fuhr er auf Julien zu, schlang ihre langen, kastanienbraunen Locken um seine Faust, und schleuderte die Winselnde zur Erde und schleppte sie auf dem Boden herum, indem er rief. »Verräterin! Nichtswürdige!«

Ich wollte ihr zu Hilfe eilen. Er stieß mich mit gewaltiger Kraft zurück, daß ich rücklings zu Boden taumelte. Wie ich mich wieder aufraffte, ließ er die Unglückliche fahren, und schrie mir zu: »Dich erdroßle ich!« In der Verzweiflung nahm ich ein Messer vom Tische, und drohte, es ihm in die Rippen zu stoßen, wenn er nicht schwiege. Aber der Wütende warf sich gegen mich, spannte meinen Hals zwischen seine Hände ein, und drückte zu. Ich verlor die Luft. Ich fuhr in der Verzweiflung mit dem Messer nach allen Seiten um mich. Ich stieß es wiederholt gegen ihn. Plötzlich stürzte der Unglückliche nieder. Er hatte das Messer im Herzen.

Julie lag wimmernd am Boden neben ihrem ermordeten Mann. Ich stand da, wie eine Bildsäule. »O«, dachte ich, »wäre es doch nur ein Traum, und läge ich erwachend auf dem Sofa meines Gartenhauses. Verflucht sei der Rotrock! verflucht die Brieftasche! – O meine armen Kinder! o meine geliebte, unglückliche, fromme Fanny! – Nahe an den Schwellen meines häuslichen Paradieses werde ich zurückgeschleudert in eine Hölle, die ich nie kannte! – Ich bin Mörder!«

Der Lärmen im Zimmer hatte die Leute im Hause geweckt. Ich hörte fragen, rufen, gehen. Mir blieb nichts übrig, als die Flucht, ehe ich entdeckt ward. Ich ergriff das brennende Licht, um mir zum Hause hinaus zu zünden.

Vollendung des Gräuels

Indem ich die Treppe hinabging, nahm ich mir vor, in mein Haus zu eilen, meine Frau, meine Kinder zu wecken, sie noch einmal an mein Herz zu drücken, dann wie ein Kain in die Welt hinaus zu flüchten, um nicht der Gerechtigkeit in die Hände zu fallen. Aber schon auf der Treppe sah ich meine Kleider ganz vom Blut des Starosten überschüttet. Ich zitterte, erblickt zu werden.

Die Haustür nach der Straße war verschlossen. Als ich zurückeilte, um durch den Hof zu entkommen, hörte ich von der Treppe herab Menschen eilen, schreien und rufen hinter mir. Ich lief über den Hof, zur Scheune. Ich wußte, von da hinaus käme ich in Gärten und Felder außerhalb des Städtchens. Aber die mir nachsetzten, eilten behend genug. Ich war kaum in der Scheune, als mich Einer beim Rock erwischte. Mit Höllenangst riß ich mich los, und schleuderte meine brennende Kerze in die neben mir hoch aufgetürmten Strohwellen. Es gab plötzlich Flammen. So hoffte ich mich zu retten. Es gelang. Man ließ von mir los, vermutlich um den Brand zu tilgen. So entkam ich ins Freie.

Ich stürzte blindlings fort, setzte über Häge und Gräben. Meine Fanny, meinen August, meinen Leopold noch einmal zu sehen, daran war nicht zu denken. Der Trieb der Selbsterhaltung überschrie alle andern Gefühle des Herzens und der Natur. Wenn ich an meine gestrige Heimkunft, an meine Erwartungen auf den heutigen nahen Morgen dachte, konnte ich das Geschehene gar nicht für möglich halten. Aber meine blutigen, klebrigen Kleider, der kühle Morgenwind, der mich durchschauerte, sagten mir nur zu sehr das Gegenteil. Ich lief fast atemlos, bis ich nicht mehr konnte. Hätte ich ein Mordwerkzeug bei mir geführt, wäre ein Strom in meiner Nähe gewesen, ich wurde aufgehört haben zu leben.

Triefend vom Schweiße, ohne Atem, erschöpft an allen Kräften, mit zitternden Knien setzte ich meine Flucht in langsamern Schritten fort. Ich mußte zuweilen stehen bleiben, um mich zu erholen. Ich war mehrmals daran, ohnmächtig niederzusinken.

So gelangte ich nach dem nächsten Dorf bei unserm Städtchen. Indem ich davor stand, und noch überlegte, ob ich es umgehen, oder keck durchwandern sollte – denn noch war es mondhell, und die Sonne nicht zum Aufgang – fing es im Dorfturm an zu läuten. Bald klangen mir auch von andern entfernten Ortschaften Glockentöne. Es war Sturmgeläute.

Jeder Ton zermalmte mich. Ich sah mich um. O Gott, hinter mir weite dunkelrote Glut; eine ungeheure Flammensäule, die bis zu den Wolken hinaufleckte! Das ganze Städtchen stand in Flammen. Ich – ich war der Mordbrenner! – O meine Fanny, o meine Kinder, welch ein entsetzenvolles Erwachen aus dem stillen Morgenschlummer hat euer Vater bereitet! –

Da ergriff es mich, wie bei den Haaren, und hob mich in die Höhe, und meine Sohlen wurden leicht wie Federn. Ich lief in mächtigen Sprüngen um das Dorf herum einem Kiefernwald zu. Die Flammen meiner Heimat leuchteten wie Tageshelle, und die heulenden Sturmglocken dröhnten mit zerreißenden Klängen durch mein zerrüttetes Wesen.

Wie ich die Nacht des Waldes erreicht hatte, und so tief hinein war, daß ich nichts mehr vom roten Licht der Feuersbrunst gewahren konnte, in welcher bisher immer mein Schatten vor mir hergaukelte, konnte ich nicht weiter. Ich fiel zur feuchten Erde nieder, und brüllte meinen Schmerz aus. Ich schlug mit der Stirn gegen den Boden, und raufte krampfhaft Gras und Wurzeln aus. Ich hätte sterben mögen, und wußte es nicht zu machen.

Untreuer, Mörder, Mordbrenner, das Alles fast in gleicher Stunde. O der Rotrock hatte wohl Recht: es gibt unter euch keine Heiligen, als denen die Gelegenheit zur Sünde fehlt. Bietet dem Teufel nur ein Haar: so hat er euern Kopf. Welches unselige Schicksal führte den Satan ins Gartenhaus zu mir! Hätte ich seinen Punsch nicht genommen, ich hätte Julien gesehen, ohne Fanny's zu vergessen; hätte ich dies gekonnt, der Starost wäre nicht ermordet; ich würde meine Heimat nicht in Brand gesteckt haben – ich läge nicht hier in der Verzweiflung, mir selbst zum Gräuel, der Menschheit zum Fluch.

Inzwischen heulten die Sturmglocken unaufhörlich, und schreckten mich wieder empor. Ich freute mich, daß es noch nicht Tag war. So durfte ich hoffen, noch eine gute Strecke unbekannt zurückzulegen. Aber ich sank wieder weinend nieder, da ich mich erinnerte, es sei der erste Mai, es sei meiner Fanny Geburtstag. Wie hatten wir Glücklichen ihn sonst im Kreise der Unserigen heiter gefeiert! Und heut! welch ein Tag! welch eine Nacht! – Da durchfuhr mich der Gedanke: es ist Walpurgisnacht! – Sonderbar! der alte Aberglaube machte diese Nacht von jeher zur Nacht des Schreckens, in der böse Geister ihr Fest begangen haben sollten, und der Teufel seine Hexen auf dem Gipfel des Blocksberges versammelte. Fast hätte ich an die Wahrheit der albernsten Abscheulichkeit glauben mögen. Der verdächtige Rotrock fiel mir wieder lebhafter mit allen seinen sonderbaren Reden ein. Jetzt – warum soll ich leugnen? – jetzt hätte ich meine Seele darum gegeben, er wäre wirklich gewesen, der er sich bei mir im Gartenhaus scherzend genannt hatte, um mich zu retten, um mir mein Gedächtniß zu rauben; um mir mein Weib, meine Kinder in irgend einem Winkel der Erde wieder zu geben, wo wir unentdeckt leben könnten.

Aber die Sturmglocken tobten lauter. Ich spürte das Grauen des Morgens. Ich flog auf vom Boden, und setzte meine Flucht fort im Gebüsch und kam zur Landstraße.

Kain

Hier holte ich frischen Atem. Alles Geschehene war so gräß-
lich, so plötzlich – ich konnte selbst nicht daran glauben. Ich
sah mich um – aber durch die Kiefern glühte der rote Wie-
derschein der Feuersbrunst. Ich betastete mich, und besudel-
te meine Finger mit dem Blut des Starosten.

Das verrät mich dem Ersten, der mich findet! dachte ich,
und riß mir die befleckten Kleider vom Leibe und verbarg sie in
dichtes Gesträuch, und wusch mir die Hände im Tau des Gra-
ses rein. So, halb entkleidet, rannte ich auf der Landstraße hin.

»Wer bist du nun?« sprach ich zu mir selbst: »Wer dich
erblickt, wird dir nachsetzen. Nur Wahnsinnige oder Mörder
laufen im Hemd durch die Wälder; oder ich muß sagen, ich sei
beraubt worden. Würde mir ein Bauer begegnen, den ich über-
mannen könnte, er müßte mir seinen Kittel geben. So wäre ich
für die ersten Augenblicke geborgen. Über Tag kann ich im Di-
ckicht der Wälder verborgen bleiben, Nachts meinen Lauf fort-
setzen. Aber woher soll ich Nahrung nehmen? Woher Geld?«
– Jetzt fiel mir bei, wie ich meine Brieftasche im weggeworfe-
nen Rock gelassen und mich aller Baarschaft beraubt hatte.

Ich stand still und unentschlossen. Einen Augenblick
dachte ich daran, umzukehren und meine Brieftasche zu suchen. Aber – das Blut des Starosten! ich hätte es nicht wieder sehen mögen, und wäre eine Million zu holen gewesen.
– Und zurückgehen, die spielende Feuerglut zwischen den
Kiefern beständig vor Augen haben … nein, die Flammen
der offenen Hölle lieber! – So wanderte ich weiter.

Da hörte ich das Rasseln eines Wagens – vielleicht eine

Feuerspritze und zu Hilfe eilende Bauern. – Jach stürzte ich mich ins Gebüsch, von wo ich die Landschaft beobachten konnte. Ich zitterte wie ein Espenblatt. Da kam langsam, von zwei Pferden gezogen, ein geschmackvoller, offener Reisewagen, und mit Koffern gepackt. Ein Mann saß darin und lenkte die Rosse. Er fuhr immer langsamer, und hielt endlich still nahe vor mir. Er stieg aus, ging um den Wagen herum, besah ihn von allen Seiten; dann verließ er den Wagen und ging abwärts vor mir über die Straße ins Gebüsch.

»Dir wäre geholfen, wenn du im Wagen säßest!« rief's in mir: »Deine Beine sind wie gebrochen. Sie schleppen dich nicht mehr. Du wärest gerettet. Kleider, Geld, schnelle Flucht, Alles wäre vorhanden. Der Himmel will sich deiner annehmen. Benutze den Wink. Der Wagen ist leer. Schwing dich hinein!«

Gedacht, getan. Denn mit Überlegen war kein Augenblick zu versäumen. Jeder ist sich selbst der Nächste; man rettet sich, wie man kann. Verzweiflung und Not haben kein Gesetz. Ein Satz, und ich war aus dem Gebüsch auf der Straße, von der Straße im Wagen. Ich ergriff den Leitriemen, und lenkte die Rosse mit dem Wagen um, von meiner brennenden Heimat ab. Da sprang der Eigentümer aus dem Wald hervor, und in dem Augenblick, da ich die Pferde die Peitsche fühlen ließ, wollte er ihnen in die Zügel fallen. Er stand vor ihnen. Ich schlug heftiger – jetzt mußte Alles gewagt sein. Die Rosse bäumten sich und drangen vorwärts. Der Eigentümer fiel und lag unter den Pferden. Ich fuhr über ihn weg. Er schrie Hilfe. Seine Stimme durchbohrte mich. Es war eine bekannte Stimme – eine geliebte Stimme. Ich traute meinen Ohren nicht. Ich hielt still, und lehnte mich aus dem Wagen, um nach dem Unglücklichen zu sehen. – Ich sah ihn! – Aber – ich schaudere, indem ich's sage – ich sah meinen Bruder, der seine Sachen in Prag unerwartet abgetan, oder andere Ursachen zur Heimreise gehabt haben mußte.

Ich saß da, wie vom Blitz gerührt; gelähmt, erstarrt. Unter mir winselte der Geräderte. Das hatte ich nicht gewollt, nicht gedacht. Ich schleppte mich langsam aus dem Wagen. Ich sank zu meinem geliebten Bruder nieder. Das schwere Rad war ihm über die Brust gegangen. Ich rief mit bebender, leiser Stimme seinen Namen. Er hörte mich nicht mehr; er erkannte mich nicht mehr. Er hatte ausgelitten. Ich war der Verruchte, der ihm ein Leben geraubt hatte, das mir so teuer war, als das meinige. – Entsetzlich, zwei Morde in gleicher Nacht! freilich beide unwillkürlich, beide in der Verzweiflung begangen. Aber sie waren doch begangen, und Folgen des ersten Verbrechens, das ich hätte vermeiden sollen.

Meine Augen wurden naß; aber es waren nicht Tränen der Wehmut über den geliebten Toten, sondern Tränen der rasenden Wut gegen mein Schicksal, gegen den Himmel. Nie in meinem Leben hatte ich mich mit einem groben Verbrechen besudelt. Ich war gefühlvoll für das Schöne, Gute, Große und Wahre gewesen. Ich hatte keine süßere Freude gehabt, als am Glücklichmachen. Und nun, ein verdammter Leichtsinn – ein unseliger Augenblick von Selbstvergessenheit – und das – und das frevelvolle Spiel des Zufalls oder der Notwendigkeit hatten mich zum elendesten, verworrensten Wesen unter dem Himmel gemacht. O, prahle doch Niemand mit seiner Tugend, mit seiner Kraft, mit seiner Besonnenheit! – es gehört nicht mehr als eine Minute dazu, in der man seine bessern Grundsätze ein wenig auf die Seite stellt, – nicht mehr als eine Minute, und der Engelreine ist aller Schandtaten fähig. Wohl ihm, wenn sein Verhängniß es besser mit ihm will, als mit mir; und ihm nicht, elenderweise einen Bruder zu rädern, in den Weg legt!

Doch nichts von Moral. Wer sie hier nicht von selbst gefunden hat, für den gibt es keine. Ich will zum Ende meiner Unglücksgeschichte eilen, die kein Dichter jemals schauerlicher ersinnen konnte.

Reue

Ich küßte die bleiche Stirn meines Bruders. Da hörte ich Stimmen im Walde. Erschrocken fuhr ich auf. Sollte ich mich ertappen lassen über dem Leichnam des Geliebten, den ich erst berauben wollte, und dann tödtete? Ich war, ehe ich mich selbst besann, im tiefsten Gebüsch, und überließ die Leiche nebst Roß und Wagen ihrem Schicksal. Nur der allmächtige Trieb zum Leben wachte noch in mir: alles Andere war todt. – Ich ging in Betäubung durch Strauch und Dorn; wo die Büschung am finstersten, die Verzweigung am dichtesten geschlungen war, dahin eilte ich. »Wer dich findet«, rief's in mir, der wird dich tödten, Kain, Brudermörder!«

Ermattet blieb ich auf einem Felsenstein im Innersten des Waldes sitzen. Die Sonne war aufgegangen, ohne daß ich's bemerkt hatte. Ein neues Leben wehete durch die Natur. Die grausenvolle Walpurgisnacht lag hinter mir mit meinen Verbrechen; aber die Kinder derselben gaukelten wie Teufel auf meinem Wege hin. Ich sah meine jammernde Fanny mit den verwaisten Kindern – ich sah die trostlose Familie meines unglücklichen Bruders – ich sah das Hochgericht – den Henkerszug, den Rabenstein.

Da ward mir das Leben plötzlich zur Bürde. Hätte ich mich doch vom Starost erdrosseln lassen, sprach ich bei mir selbst, ich hätte es ja verdient. Ich war ja ein Verräter an meiner Fanny und an der Treue, die ich ihr tausendmal geschworen. –

Oder wäre ich doch umgekehrt, wie das Städtchen hinter mir brannte. Ich hätte Weib und Kind noch einmal küssen und dann nach dem Abschied mich in die Flammen stürzen können. So hätte ich mir doch den Brudermord erspart.

Ich fürchtete das Leben, weil ich mich vor neuen Verbrechen fürchtete, die mir mit jedem Schritt unvermeidlich schienen. So tief hatten mich die bisherigen Ereignisse erschüttert, daß ich glaubte, dem Sünder bringe jeder Atemzug eine Sünde. Ich dachte an Selbstmord – aber auch dazu war ich mittellos. So beschloß ich, mich der Obrigkeit selbst auszuliefern, ihr meine Vergehen reumütig zu bekennen. Dann – freilich unter traurigen Verhältnissen, hatte ich doch noch Hoffnung, meine Fanny, meinen Leopold und August noch einmal in meinem Leben an die Brust zu drücken, Verzeihung von ihnen zu erflehen, und von ihren Tränen begleitet in die Ewigkeit überzuwandern. Ich konnte noch manche häusliche Verhältnisse anordnen, meiner Fanny noch manchen nützlichen Rat und Aufschlüsse über verschiedene Angelegenheiten geben.

Dieser Gedanke gewährte mir einiges Vergnügen. Ich ward ruhiger. Das Leben hatte ich aufgegeben, nun hörten die Furien des Gewissens auf, in mir zu wüten, da sie hatten, was sie wollten.

Ich stand auf und ging; doch wußte ich nicht wohin. In der Betäubung und Höllenangst hatte ich selbst die Gegend vergessen, aus der ich gekommen war. Die Waldung lag finster und dick um mich her. Ich sehnte mich nach dem Schimmer der Feuersbrunst, die sollte mich zu meinen Richtern leiten. Doch gleichviel. Jeder Schritt, jeder Weg mußte mich immer zuletzt dahin bringen.

Indem ich eine Weile gegangen war, erhellte sich der Forst. Ich kam auf eine schlechte Waldstraße, und schlug sie sogleich ein, unbekümmert, wohin sie gehe.

Der Versucher

Ich hörte nahe vor mir Pferde wiehern. Ich erschrak. Die Liebe des Lebens erwachte von neuem. Ich gedachte in die Wildniß zurück zu flüchten. Du hast zwar gefehlt; du bist zwar Verbrecher der entsetzlichsten Art, aber du kannst wohl noch glücklich werden, wenn du dich diesmal rettest. Denn ein vollendeter Bösewicht warst du nie, wenn gleich der leichtsinnigste. So dachte ich, aller Vorsätze vergessend, und mit meinen Gedanken schon in einer fernen Einsamkeit, wo ich, unbekannt der Welt, mit Weib und Kindern unter fremden Namen leben könnte. Aber bei dem Allem war ich doch vorwärts gegangen.

Da erblickte ich, als sich die Straße bog, dicht vor mir Pferde, einen umgestürzten Wagen mit einem zerbrochenen Rade, und zu meinem Entsetzen oder Entzücken daneben stehend – den wohlbekannten Rotrock.

Als er mich erblickte, grinsete er mich nach seiner Gewohnheit an, und sagte: »Willkommen hier! Habe ich nicht gesagt, daß wir uns wieder finden würden? – Ich warte schon die ganze Nacht. Mein Postillon ist in das Städtchen zurück, Hilfe zu holen, und kommt nicht wieder.«

»Er hat dort mehr zu helfen, als hier«, sagte ich, »denn die Stadt ist in vollem Feuer.«

»Dachte ich's doch«, erwiederte er, »denn ich sah es an der Röte des Himmels. Aber was wollen denn Sie im Walde? Was suchen Sie hier? Warum helfen Sie nicht löschen?«

»Ich habe wohl andere Dinge zu löschen, als Holzbrand.«

»Dachte ich's doch. Sagte ich es Ihnen nicht vorher?«

»Retten Sie mich. Ich bin ein heilloser Verbrecher geworden – ich ward leichtsinniger Gatte, Mörder, Mordbrenner, Straßenräuber, Brudermörder, Alles seit dem Augenblick, da Sie mich verlassen hatten; Alles binnen drei Stunden. Und doch, ich schwöre es Ihnen, bin ich kein schlechter Mensch.«

Der Rotrock stampfte mit dem Klumpfuß auf den Boden, da ich dies sagte, als wäre er voll Unwillens. Aber seine Geberden blieben hart und eisern. Auch gab er keine Antwort. Da erzählte ich ihm das beispiellose Unglück dieser Nacht. Er blieb ganz gelassen.

»Kennen Sie mich nun, und was ich von Ihnen will?« sagte er endlich.

»Meine Seele! meine Seele!« schrie ich: »denn nun fange ich an zu glauben, daß Sie in der Tat der sind, für den ich Sie in Prag, bei mir selbst scherzend, hielt.«

»Und der wäre?«

»Der Satan.«

»So falle vor mir nieder und bete mich an!« brüllte er mit gräßlicher Stimme.

Ich fiel auf die Knie, wie ein Wahnsinniger, vor ihm, und hob die gefalteten Hände, und rief. »Rette mich! – rette mein Weib und meine Kinder vor dem Verderben! Sie sind unschuldig. Bringe uns in eine Wüste, wo wir Brot und Wasser haben und eine Höhle. Wir wollen uns selig machen, wie in einem Paradiese. Aber wische die Erinnerung an die Walpurgisnacht aus meinem Gedächtniß, sonst ist auch im Paradiese die Hölle. Kannst du das nicht, so ist mir's besser, ich sterbe büßend auf dem Hochgericht.«

Wie ich dies sagte, hob er den Klumpfuß und stieß damit verächtlich gegen mich, daß ich rücklings zu Boden taumelte. Ich wollte meine Bitten wiederholen, aber er unterbrach mich und sagte: »Da seht mir den frommen, gefühlvollen Mann! da seht mir den stolzen Sterblichen in der Herrlichkeit seiner

Vernunft! da seht mir den Philosophen, der den Teufel weg-
leugnet und die Ewigkeit in gelehrte Zweifel bringt! Er krönt
seine Schandtaten mit der Anbetung des Satans!«

»Daran, Satan, erkenne ich dich«, schrie ich wütend:
»daran, daß das sanfte Mitleid in deiner eisernen Brust fehlt,
welches doch sonst das warme Menschenherz bewohnt. Ich
will auch kein Mitleid von dir, der nur schadenfrohen Hohn
kennt. Ich wollte deine Gunst kaufen, mit meiner Seele kaufen. Sie könnte sich ja noch bessern; sie kann ja den Weg zur
Reue finden und zur Gnade. Sie könnte dir ja noch entschlüp-
fen, wenn du sie am sichersten zu haben glaubst.«

Düster entgegnete er mir: »Nein, mein Herr, ich bin der
Teufel nicht, wie Sie glauben. Ich bin ein Mensch, wie Sie.
Sie waren ein Verbrecher. Jetzt sind Sie ein Wahnsinniger
geworden. Aber wer mit seinem bessern Glauben einmal gebrochen hat, der ist auch mit seiner Vernunft bald fertig. – Ich
verachte Sie. Und wenn ich Ihnen helfen könnte, wahrhaftig,
ich möchte Ihnen nicht helfen. Ihre Seele fordere ich nicht.
Sie ist zur Hölle reif, ohne daß der Satan dafür einen roten
Heller bietet.«

Hoffnung

Eine Weile stand ich zweifelhaft und verlegen vor ihm. Scham und Wut, Reue und Entschlossenheit zu jedem Verbrechen, das mich für den Augenblick retten konnte, kämpften in mir. Ich kann nicht beschreiben, was in mir vorging; denn was die Geschichte des flüchtigen Augenblicks war, würde unter meiner Feder sich zu einem Buche ausdehnen: und doch könnte ich's nicht in aller Klarheit darstellen.

»Wenn Sie nicht der sind, wofür ich Sie halte«, sagte ich endlich, »so müßte ich wünschen, daß Sie es wären. Retten Sie mich, sonst bin ich verloren. Retten Sie mich, denn Sie allein sind an meinem entsetzlichen Schicksal schuldig.«

»So macht's der Mensch!« sagte er grinsend: »Er will immer der Reine sein, und hätte er sich auch im Bruderblut gebadet.«

»Ja, Sie, mein Herr, waren die erste Ursache alles namenlosen Gräuels dieser Nacht. – Warum kamen Sie in der Nacht zu meinem Gartenhause, wo ich ruhig und harmlos schlief, um den Anbruch des Morgens zu erwarten? Hätten Sie mich nicht geweckt, wäre Alles nicht geschehen, was geschehen ist.«

»Aber weckte ich Sie zu Treulosigkeit und Mordbrand? So macht's der Mensch. Wenn er Tausende gemeuchelmordet hat, möchte er alle Schuld auf den Bergmann wälzen, der das Eisen aus den finstern Schachten der Erde herauf geholt hat. Herr, auch Ihr Atemholen ist am Verbrechen Ursache, weil Sie ohne Atem es nicht begehen konnten. Aber ohne Atem hätten Sie auch kein Leben gehabt.«

»Warum spielten Sie denn im Garten bei mir die Rolle des Teufels, und sagten so bedeutungsvoll, wer dem Satan nur ein Haar bietet, dessen Kopf zerrt er sich daran nach, wie an einem Seil?«

»Gut das! habe ich darum Lüge gesprochen? Wer könnte die Wahrheit fürchterlicher bezeugen, als Sie selbst? Habe ich das Haar von Ihnen begehrt? oder haben Sie es mir angeboten? – Aber, Herr, da Sie Julien, Ihre erste Geliebte, sahen, da hätten Sie Ihrer Fanny eingedenk sein müssen. Sie vertrauten Ihrer Tugend zu viel, oder vielmehr, Sie dachten an keine Tugend. Religion und Tugend hätten Ihnen gesagt: fliehe heim zum Gartenhaus. Herr, der Mensch, sobald sein Versuchungsstündchen schlägt, darf sich, der Sünde gegenüber, auch das Erlaubteste nicht erlauben. Der erste leichtfertige Gedanke, den man durchschlüpfen läßt, ist das bewußte Haar in des Teufels Klaue.«

»Sie haben Recht. Konnte ich aber das voraussehen?«

»Allerdings konnten Sie.«

»Es war unmöglich. Denken Sie nur an das abscheuliche Zusammentreffen der Umstände.«

»Daran hätten Sie, als eine Möglichkeit, denken sollen. Konnten Sie nicht an den Starosten denken, da Sie sein Weib im Arm hielten? nicht an die Feuersbrunst, da Sie das Licht in das Stroh schleuderten? nicht an den Brudermord, da Sie die Rosse gegen die Brust des Eigentümers antrieben? – denn der, oder ein anderer, jeder Mensch ist Ihr Bruder.«

»Mag sein, aber bringen Sie mich nicht zu größerer Verzweiflung. Sie müssen wenigstens zugeben, daß der erste Fehltritt hätte ohne alle andern Gräßlichkeiten geschehen können, wenn nicht das Schrecklichste zusammengetroffen wäre, was immer zusammentreffen könnte?«

»Sie irren! Was lag denn Schreckliches darin, daß der Starost seine Frau besuchte? was denn Schreckliches darin, daß man in der Scheune Stroh hatte, wie in allen Scheunen? was

Schreckliches, daß Ihr unglücklicher Bruder friedlich auf dem Rückweg begriffen war? Nein, Herr, was Sie ein abscheuliches Zusammentreffen heißen, konnte für Sie, wenn Sie auf rechtschaffenen Wegen geblieben wären, ein erfreuliches gewesen sein. Die Welt ist gut, das Gemüt macht sie zur Hölle. Der Mensch ist's, der erst Dolch und Gift macht; außerdem wären die Dinge friedliche Pflugschar oder heilsame Arznei geworden. Denken Sie an keine Rechtfertigung.«

Da schrie ich verzweiflungsvoll auf, denn ich übersah meine ganze Abscheulichkeit. »O!« rief ich, »bis zu dieser Nacht bin ich schuldlos gewesen, ein guter Vater, ein treuer Gatte, ohne Vorwürfe – jetzt bin ich ohne Ruhe, ohne Ehre, ohne Trost!«

»Nein, Herr, auch darin muß ich widersprechen. Sie sind in dieser Nacht nicht erst geworden, was Sie sind, sondern Sie sind es längst gewesen. Man wird nicht in einer Stunde vom Engel zum Teufel, wenn man nicht schon alle Anlagen zum Teufelwerden besitzt. Es fehlte nur an Gelegenheit, daß der inwendige Mensch auswendig wurde. Es fehlte Ihnen die Julie und die Einsamkeit. Im Stahl und Stein schläft das Feuer, wenn man's gleich nicht sieht – nur zusammengeschlagen, es wird schon funkeln. Ein Funke nebenbei fliegt ins Pulverfaß, und eine halbe Stadt mit ihrer Glückseligkeit wird in Schutt und Trümmern gegen den Himmel geschleudert. Lobe mir doch Keiner die frommen Leute, die in stolzer Unschuld den armen Sünder zum Galgen begleiten! – daß ihrer nicht mehrere daran hängen, ist bloß Gunst des Zufalls.«

»So tröste ich mich. So ist, wenn Sie die Wahrheit sprechen, die ganze Welt nicht besser, als ich und Sie dazu.«

»Nein, Herr, Sie irren abermals. Ich gebe Ihnen die halbe Welt preis, aber nicht die ganze. Ich glaube noch an Tugend und Seelengröße, woran Sie eben mit Ihrer vermeinten Seelengröße nie stark glaubten. Aber die halbe Welt, ja! und besonders in unsern Tagen, wo der Grundzug der Gemüter

Schlaffheit, Selbstsucht und feige Gleisnerei ist. Das ist auch der Ihrige. Darum stehen Sie auch hier als Verdammter.«

»Sie können Recht haben; aber ich bin nicht besser und schlechter, als alle andern Menschen dieser Zeit.«

»Was Sie sind, das scheint Ihnen die Welt zu sein. Wir sehen nie das Draußen in uns, sondern uns selbst in dem Draußen. Es ist Alles nur ein Spiegel.«

»Um Gotteswillen, Herr!« rief ich außer mir, »retten Sie mich, denn die Zeit verrinnt. Wenn ich schlecht war, könnte ich nicht besser werden?«

»Allerdings. Not bringt Kraft.«

»Retten Sie mich und Weib und Kind! Ich kann besser, ich will besser werden, da ich mit Schaudern sehe, welcher Verbrechen ich fähig war, deren ich mich nie fähig gehalten haben würde!«

»Es kann werden. Aber Sie sind ein Schwächling. Schwäche ist die Säugamme der verruchtesten Taten. Ich will Sie retten, wenn Sie sich selbst retten können. Kennen Sie mich nun, und was ich von Ihnen will?«

»So sind Sie ein Engel, mein Schutzgeist.«

»Ich bin Ihnen nicht vergebens im Garten erschienen vor Verübung der Gräuel. Ich warnte Sie. Doch Mut! Wer Glauben und Mut für das Göttliche bewahrt, behält Alles.«

Rettung

Indem der Rotrock diese Worte sprach, kam es mir vor, als wenn sein glutfarbenes Kleid wie helle Flammen um ihn brannte; und wie grünes Feuer schoß es um uns her aus dem Boden empor; aber es waren nur die Bäume. Die Farben zuckten vor meinen Blicken wunderbar durch einander. Zuletzt losch Alles aus. Ich lag in Ohnmacht. Ich wußte nichts mehr von mir. Es war mir etwas geschehen.

Dann fühlte ich eine dumpfe Rückkehr des Bewußtseins, im Ohr einen fernen Ton; um's Auge eine Dämmerung von in einander verschillernden Strahlen. Wie Gedanke, Klang und Licht heller wurden, sann ich über meinen Zustand, aber ich konnte nicht ergründen, was mir geschehen sei.

Entweder ist es Ohnmacht, oder Wahnsinn, oder Sterben – dachte ich: Reißt sich die Seele von ihren Nerven, der Geist von seiner Seele los: was bleibt noch? Es geht mit den Sinnen ein Weltall aus, und der Geist schmilzt als unselbständige Kraft ins Reich der Kräfte ein. Dann wäre der Mensch eine Schaumblase, ausgeworfen an der bewegten, ewig wechselnden Oberfläche vom Ozean des Alls; in sich abspiegelnd die grünenden Eilande und die Unendlichkeit des Himmels. Und die abgespiegelnden Eilande und Himmel verfliegen mit der Wasserblase, die ins All zurückgeht. – Nein, nein, rief's in mir: darum warst du Verbrecher, weil du den Glauben an Gott und dich selbst verloren, und dich den Hirngespinsten einseitiger Klügelei ergeben hattest. Das gewaltige Geisterall ist kein todtes Meer, und der Menschengeist kein Schaum.

So ungefähr dachte ich, und schlug die Augen auf. Und

über mir schwebte, wie von Wolken gehalten, der Alte in freundlichem Ernst; ich sah nicht mehr die harten, eisernen Züge, sondern ein mildes Wesen in seinen verklärten Mienen. Doch blendete mich der Glanz, und ich schloß die Augen bald wieder zu, und träumte fort. Ich konnte kein Glied regen.

Was ist mir oder wird aus mir, dacht' ich; denn mich däuchte, ich hörte Getümmel von Städten und Dörfern an mir vorüberziehen, bald Sausen bewegter Wälder, bald Ströme rauschen und Meeresbrandungen an Klippen, bald Glockenton der Herden und ferne Hirtengesänge.

»Was geschieht mir? wohin komme ich?« seufzte ich leise mit großer Anstrengung.

Über mir hing immer die Gestalt des Alten, und sein Auge war sorgsam auf mich niedergerichtet. »Ich rette dich!« sagte er mit unendlich sanftem Ton: »Fürchte dich nicht mehr. Du hast dein Leben und deinen Tod gesehen. Schwächling, werde Mann. Ein zweites Mal rette ich dich nicht wieder.«

Darauf dämmerte mir es wieder vor meinen Augen, und mir war, als läge ich in einer Felsenhöhle, in welche das Tageslicht durch enge Klüfte hineinschimmerte. Aber der Alte hing noch immer über mir; da sagte er: »Jetzt bist du gerettet und ich verlasse dich. Ich habe deine Wünsche erfüllt.«

»Aber«, seufzte ich, »meine Fanny, meine Kinder! gib sie mir noch in diese Wüste.«

Der Alte sprach: »Sie gehören dir schon.«

»Und das Gedächtniß meiner Gräuel wische aus für alle Ewigkeit, wenn du kannst.«

Der Alte sprach: »Ich will es verwischen, es wird dich nicht mehr betrüben.«

Indem er dies sagte, zerfloß es über mir, wie ein Dunst, und ich starrte die grauen Felsen über mir an, und begriff von Allem nichts. Aber mir war unaussprechlich wohl. Und doch glich Alles einem Feenmärchen.

Wie ich noch die Felsen über mir anstarrte, drückte ein unsichtbares Wesen seine Lippen auf die meinigen. Ich fühlte einen warmen Kuß.

Die neue Welt

Der Kuß machte mich irdisch. Ich glaubte die Augen offen zu haben, doch merkte ich, daß sie geschlossen waren; denn ich hörte leise Tritte um mich rauschen, und sah doch in der Höhle Niemanden.

Da hauchte mich ein neuer Atem an, und zwei zarte Lippen rührten abermal an die meinigen. Das Gefühl des Lebens trat wieder in meine äußern Sinne. Ich hörte Kinderstimmen flüstern. Traum und Wahrheit schwammen verworren durch einander, und trennten sich immer bestimmter, bis ich zum hellen Bewußtsein und deutlicher äußern Klarheit kam.

Ich spürte, ich liege hart und unbequem. Es war mir, als sei es auf dem Sofa in meinem Gartenhause. Ich tat die Augen auf, und meine Fanny hing über mir. Mit ihren Küssen hatte sie mich erweckt. Unsere Kinder klatschten freudig in die Hände, als sie mein Erwachen sahen, und kletterten aufs Sofa und über mich hin, und riefen eines ums andere: »Papa, guten Morgen, Papa!« – Und mein Weibchen klammerte sich fest um mich; und mit den Augen voller Freudentränen machte es mir doch Vorwürfe, daß ich die ganze kalte Nacht im Gartenhause geschlafen; und wäre Christoph, unser Knecht, nicht vor einer Viertelstunde aus dem Posthause gekommen, und hätte Lärmen mit den Mägden in der Küche getrieben und meine Ankunft verraten, kein Mensch hätte davon gewußt.

Aber der schwere Walpurgistraum hatte mir dermaßen zugesetzt, daß ich lange lag, und weder den Augen noch Ohren zu trauen wagte. Ich suchte die phantastische Höhle der Wüste, und immer war es das Gartenhaus. Da lagen noch

Trommeln, Steckenpferde und Peitschen am Boden herum. Auf dem Tisch stand noch Fanny's Strickkörbchen – alles wie ich es gefunden, als ich hier mein Nachtlager wählte.

»Und Christoph ist jetzt erst aus dem Posthaus gekommen?« fragte ich. »Hat er dort die ganze Nacht geschlafen?«

»Freilich, du Wunderlicher!« sagte Fanny und streichelte mir die Wange: »Er behauptet ja, du selbst habest es ihm so befohlen. – Warum auch hier auf dem steinharten Sofa übernachten? Warum hast du uns nicht aus den Betten getrieben? Wie gern wären wir doch zu deinem Empfang bereit gewesen!«

Ich erschrak freudig. »Ihr habt also sanft und ruhig geschlafen die Nacht?« fragte ich.

»Nur zu gut!« sagte Fanny: »Hätte mir ahnen können, daß du hier im Gartenhaus wärst – aus dem Schlafe würde nichts geworden sein. Ich würde zu dir geschlichen sein, wie ein Gespenst. Weißt du auch, daß es Walpurgisnacht war, wo die Hexen und Kobolde ihr Wesen treiben?«

»Ich weiß es nur zu gut!« sagte ich, und rieb mir die Augen und lächelte fröhlich, daß alle meine Verbrechen Traum gewesen waren; daß weder Posthaus noch Stadt gebrannt, weder der Rotrock von Prag, noch die längst vergessene Julie mich besucht hatten.

Ich schloß die liebenswürdige Fanny fester und seliger an mein Herz; sie und die Kinder auf meinem Schoos, empfand ich heute lebendiger, als jemals, das Glück des reinen Herzens und guten Gewissens. – Es blühte um mich eine junge Welt; mehr als einmal ward sie mir zweifelhaft, wie neuer Traum. Ich sah oft nach den freundlichen Dächern unsers Städtchens, mich zu überzeugen, daß ich kein brennendes Licht ins Stroh geworfen hatte.

Nie hatte ich im Leben einen zusammenhängendern, klarern, schrecklichern Traum geträumt. Nur zuletzt, wo er sich mit dem Erwachen vermählte, war er fantastischer geworden.

Wir zogen im Triumph durch den schönen Garten ins

heitere Wohnhaus, wo mich alles Gesinde freundlich bewill-
kommte. – Nachdem ich mich umgekleidet hatte, ging ich,
beladen mit allerlei Spielwerk für meine Söhne, in Fanny's
Zimmer zum Frühstück. Da saß die junge Mutter neben den
jauchzenden Kleinen. Jeder neue Anblick der Lieben ström-
te neues Entzücken durch mich hin. Ich sank schweigend an
Fanny's Brust; ich gab ihr mit Freudentränen im Auge das für
sie in Prag gekaufte Angebinde, und sprach: »Fanny, heut' ist
dein Geburtstag.«

»Noch nie habe ich ihn schöner gefeiert«, sagte sie, »als
diesmal! Ich habe dich ja wieder. Ich habe auch deine Freunde und meine Gespielinnen einladen lassen, den Tag deiner
Wiederkunft recht fröhlich zu begehen. Gelt, das nimmst du
nicht übel? - Nun aber setze dich zu uns. Nun erzähle mir
haarklein, wie ist es dir ergangen?«

Aber der drückende Traum stand noch zu nahe vor mir.
Ich dachte mich seiner am besten zu entledigen, wenn ich ihn
erzählen würde. Fanny horchte und ward sehr finster. »Wahrhaftig«, sagte sie am Ende lächelnd, »man sollte an Hexerei
der Walpurgisnacht glauben. Du hast eine ganze Predigt geträumt. Werde frommer, du Frommer, denn gewiß hat dein
guter Engel mit dir gesprochen. Schreibe deinen Traum auf.
Solch ein Traum ist merkwürdiger, als mancher Lebenslauf.
Ich halte, du weißt es, viel auf Träume. Sie bedeuten wohl
nichts voraus, aber sie bedeuten doch manchmal uns selbst.
Es sind zuweilen die klarsten Seelenspiegelungen!«

Der Versucher mit der Versuchung

Ein zwar nicht außerordentlicher, doch immer merkwürdiger Zufall erhöhete an dem gleichen Tage das Anziehende meines Walpurgistraums.

Meine Frau hatte Freunde und Freundinnen aus dem Städtchen zu einem kleinen Familienfest eingeladen. Wir speiseten, wegen der Schönheit des Mittags, in dem obern geräumigen Saal des Gartenhauses. – Der Walpurgistraum war schon in meiner Erinnerung durch eine lieblichere Wirklichkeit halb verwischt.

Da meldete mein Bedienter einen fremden Herrn, der mich sprechen wollte, einen Baron Mannteuffel von Drostow. – Fanny sah, daß ich erschrak. »Du wirst doch nicht«, sagte sie lachend, »vor dem Versucher zittern, wenn er die Versuchung nicht mitbringt; und selbst nicht vor der Versuchung, an meiner Seite?«

Ich ging hinab. Da saß auf dem gleichen Sofa, wo ich geschlafen, leibhaftig der Rotrock von Prag. Er stand auf, begrüßte mich, wie einen alten Bekannten, und sagte: »Sie sehen, ich halte Wort. Ich muß jetzt Ihre liebenswürdige Fanny sehen, die ich aus ihren vertraulichen Briefen ganz zufällig kennen lernte. Werden Sie nicht eifersüchtig. Und – fuhr er fort, indem er in den Garten hinaus zeigte – ich bringe noch ein paar Gäste mit, meinen Bruder und seine Frau. Aber meine Schwägerin kennen Sie schon. Wir sind unvermutet in Dresden zusammen getroffen, und machen nun die Reise, mit einander in Gesellschaft.«

Ich bezeugte ihm meine Freude. Indem trat ein dicker,

starker Herr aus dem Garten in das Kabinett, wo wir sprachen; neben ihm ein Frauenzimmer in Reisekleidern. Denke sich Jeder mein Schrecken! – Es war Julie, die Gemahlin des Starosten.

Julie war minder verlegen, als ich, wiewohl sie sich anfangs auch entfärbte. Ich führte nach den ersten Höflichkeiten meine Gäste in den obern Saal hinauf – ich stellte ihnen meine Fanny vor. Der zum Besucher verwandelte Versucher von Prag sagte ihr die schmeichelhaftesten Artigkeiten. »Ich habe«, sagte er, »Sie schon in Prag angebetet, als ich ohne Vorwissen Ihres Gemahls, hinter alle kleinen Geheimnisse kam, die Sie ihm anvertrauten.«

»Ich weiß Alles!« sagte Fanny: »Mit vierzehnhundert Talern bezahlen Sie die Geheimnisse. Sie sind aber bei dem Allem ein böser Mann, denn Sie haben meinem Robert eine unruhige Nacht gemacht.«

»Damit ist's noch nicht abgetan, Fanny«, sagte ich, »denn siehe den lieben Versucher, und dort – ich stellte ihr die Gemahlin des Starosten vor – Julie!«

Weiber sind nie lange verlegen. Sie umarmte Julien wie eine Schwester, und setzte den Versucher rechts, die Versuchung links neben sich. »So weit als möglich von dir!« rief sie mir mit schelmischem Warnen zu.

Fanny und Julie, ob sie sich gleich nie gesehen hatten, waren bald Herzensschwestern, hatten sich ungemein viel zu sagen, und freuten sich, mich zum Gegenstand ihrer Neckereien zu machen. Für mich war das ein ganz eigenes Fest, diese Gestalten neben einander zu sehen; beide liebenswürdig – aber Julie nur ein schönes Weib, Fanny ein Engel.

Julie, wie ich auf den Spaziergängen im Garten von ihr erfuhr, war sehr glücklich. Sie liebte ihren Mann von Herzen, wegen seines edeln Gemütes. Aber für ihren Schwager, den Rotrock, hatte sie die zärtliche, ungemessene Ehrfurcht eines Kindes. Er war, wie sie mir erzählte, ehemals lange Zeit auf

Reisen gewesen, und lebte jetzt in Polen auf einem kleinen Gut, nahe bei den Gütern ihres Mannes, als wohltätiger Philosoph, zwischen Büchern und landwirtschaftlichen Arbeiten. Sie sprach von ihm mit Begeisterung, und behauptete, auf Erden wohne kein edlerer Mensch, als dieser. – Ich machte mir dabei die Nutzanwendung, man müsse der Physiognomie nicht allzusehr trauen.

»Warum fragten Sie mich denn in Prag«, sagte ich nachher zu dem ehrwürdigen Rotrock, mit den geheimnisvollen Worten: »Kennen Sie mich nun, und was ich von Ihnen will?« – Denn eben diese Worte waren mir in Prag aufgefallen, und hatten nachher im Traume am wirksamsten wiedergeklungen.

»Aber mein Gott!« rief er: »Ich mochte Ihnen sagen, als ich die Brieftasche brachte, was ich wollte, und mochte es Ihnen noch so nahe legen, daß ich der Finder sei; daß Sie nur Zutrauen zu mir haben, nur einige Kennzeichen des Verlustes angeben sollten: Sie blieben ja zurückhaltend, als wäre ich der verdächtigste Mensch. Und doch sah ich Ihnen die Unruhe an; und doch konnte ich kaum daran zweifeln, den rechten Mann vor mir zu haben.«

Nun erzählte ich ihm meinen Traum. »Herr«, rief er, »die Walpurgisgeister sollen leben! Der Traum verdient ein Kapitel in der Moralphilosophie und Psychologie zu sein. Wenn Sie ihn nicht haarklein aufzeichnen, so schreibe ich ihn selbst nieder, und schicke Ihnen das Ding gedruckt zu. Es sind da wunderbar goldene Lehren. Nur ist mir's doch lieb, daß ich am Ende die Ehre habe, als Engel des Lichts darin zu glänzen, sonst möchte ich das Abenteuer Ihrer Walpurgisnacht nicht weiter erzählen hören.«

Wir brachten mit einander einen seligen Tag zu: ich mit dem wahrhaft weisen Mannteuffel, Fanny mit Julien.

Als wir Abends von einander schieden, und wir die lieben Gäste begleiteten, sagte Fanny zu mir, da wir vor der Tür des

Posthauses standen: »Hier wird Abschied genommen, und nicht die schöne Versuchung einen Schritt weiter begleitet! Dein Walpurgistraum enthält auch für mich gute Lehren. Kennst du mich nun, mein Herr, und was deine Fanny von dir will?«